U0068133

第一次出門買東西

文 筒井賴子　　圖 林明子　　譯 林真美

有一天，媽媽說：
「小米，你可以一個人
出門去買東西嗎？」

「一個人！」小米跳了起來。
因為，在這之前，她從來
都沒有一個人出門過。

「小寶寶的牛奶喝完了，
媽媽正在忙，你可以
一個人去買嗎？」

「嗯！可以，我已經五歲嘍！」

小米和媽媽約好兩件事。

就是要注意車子和

記得找零錢。

媽媽給小米兩個五十元硬幣，

小米緊握著硬幣，

走出家門。

小米一邊唱歌一邊向前走，
叮鈴叮鈴，
前面來了一輛腳踏車。
小米嚇得身體緊貼牆壁。
腳踏車像風一樣，
咻的飛走了。

小米的朋友
阿智走了過來。

「你要去哪裡？」
「去買東西。媽媽叫我幫她買牛奶。」
「是喔！」阿智睜大了眼睛。
「你一個人？」
「嗯。」
「是喔！」阿智睜著比剛才還大的眼睛走了。

小米來到斜坡。
斜坡的盡頭就是一家雜貨店。
小米每次和媽媽去公園，
都會路過那裡。

「衝啊！」
小米對自己發號施令，
然後就跑了起來。

咚隆！
小米跑太快了，
腳絆到石頭，摔了一跤。

五十元硬幣在地上滾哪滾。
小米的手跟腳都受傷了。
但是小米一想到硬幣掉了，
就馬上爬了起來。

一個硬幣掉到路邊。

「另外一個呢？」

小米轉來轉去，找了半天，終於——

「找到了！」

在草叢邊，有一個閃閃發亮的硬幣。

兩個硬幣都找到了，

小米又有力氣往上爬了。

雜貨店裡看不到半個人。

小米用力深呼吸。

然後對著店裡說：

「我要買牛奶。」

小米原本想要大聲說的，

可是，聲音聽起來卻好小。

沒有人出現。

麵包
Cola
筒井商店
香煙
香煙
不可燃垃圾
每星期二資源回收
尋貓啟事
發現這隻貓的人，
請打電話到
292-3401
平田
畫室
每週六開課
教畫老師林明子
TEL
有興趣的人
星期天
靜候
集合
柴田仁子
音樂教室

Cola
Cola
MILK
巧克力
黃金
吐司

小米的心臟撲通撲通跳。
她又做了一次
比剛才還要用力的深呼吸，
然後開口說道：「我要買牛奶。」

可是，
這時剛好有一輛車子
噗噗噗噗經過，
把小米的聲音掩蓋住了。

雜貨店還是沒有人出現。

「咳咳！」有個聲音傳來。
轉頭一看，一個戴著
黑眼鏡的叔叔站在那裡。

「香煙！」戴眼鏡的叔叔
大聲吼道。

從店裡面傳來喀噠喀噠、
沙沙沙的聲音，老闆娘
一邊用圍裙擦手，
一邊走了出來。

「來了來了。要買香煙嗎？」
戴眼鏡的叔叔從老闆娘
手中接過香煙，
就頭也不回的走了。

Cola
檸檬
30元
MILK
MILK
MILK
MILK
MILK
MILK
MILK
咖啡
巧克力
100

MILK
MILK
MILK
MILK
MILK
MILK

小米趕緊搶著說：「請問…… 」

這回是一個胖胖的阿姨
站在店門口，說：
「老闆娘，我要買麵包。」

就這樣，小米快要被擠到
邊邊去了。

胖胖的阿姨和老闆娘
哇啦哇啦的聊了一陣子，
才拿著麵包離開。

雜貨店前面又只剩下小米一個人了。

「我要買牛奶！」
這突如其來的聲音
大到連小米自己都嚇一跳。

這時老闆娘看著小米，
小米也看著老闆娘。
小米的心跳加快，
眼睛也眨個不停。

薄皮饅頭
40元
大福
50元

「唉呀，我的小客人。
對不起，我沒有注意到你。」
老闆娘不斷的跟小米道歉。

小米忽然鬆了一口氣，
一滴憋了好久的眼淚
掉了下來。

MILK
MILK
MILKMILK
MILKMILK

小米將握在手裡的、

熱熱的硬幣交給老闆娘，

一拿到牛奶，轉頭就跑。

不可燃垃圾
每星期二資源回收
尋貓啟事
發現這隻貓的人，
請打電話到
292-3401
平田
畫室
每週六開課
教畫老師林明子
TEL
有興趣的人
星期天
靜候
集合
音樂教室
柴田仁子

「等、等一下！」老闆娘
氣喘吁吁的追了過來。

「這是要找給你的錢，小妹妹。
來，兩個十元硬幣。
回去記得拿給媽媽喔！」

老闆娘把零錢放到小米的手上。

就在斜坡的下方，

媽媽抱著小寶寶，

在對小米揮手。

每一個人生的第一次，都是大冒險

游珮芸｜臺東大學兒童文學研究所副教授

1976 年在日本出版的《第一次出門買東西》，在 1980 年代中期也曾被翻譯引進臺灣，經過漫長的歲月，仍廣受讀者們的喜愛。不論是在日本或臺灣，網路平臺上可以看到很多類似的評價：「令人懷念的繪本，小時候很喜歡。現在念給自己的小孩聽，小孩也超愛。」是一本名符其實「跨越世代」的經典作品。

很顯然的，繪本中寫實描繪的 70 年代的日本街景、行人、雜貨店等已經「過時」了；但為什麼仍然能吸引 40 多年後出生的孩子的目光，並獲得他們的共鳴？《第一次出門買東西》的文字故事創作者筒井賴子與繪圖藝術家林明子，到底施展了什麼樣的魔法，讓這個寫實作品能「保鮮不過期」呢？

1945 年出生的筒井賴子是三個女孩的媽媽，年輕時從事廣告業撰寫文案，結婚後成為家庭主婦，直到她觀察孩子的日常，寫成一則則小故事，並與畫家林明子合作，成為繪本作家。或許有人會說：「喔，原來如此，因為是媽媽的視角呀！」這可能只說對了一半。在一篇訪談中，筒井賴子提到，她覺得自己總是無法百分百忘我地投入「母職」，她覺得自己常會退後一步觀察自己的孩子與當母親的自己。

換句話說，成為母親，的確對筒井賴子創作很重要，因為她有機會可以仔細觀察自己的孩子，並且回溯自己童年的情緒、感受。然而，她除了是母親，也有一雙作家的眼睛，清澈、透明、冷靜； 並且能從眼前孩子的樣貌，映照、回溯自己的童年的感受，而體悟、淬鍊出情感最普遍的本質。因此在《第一次出門買東西》中，五歲小米細微的感受與情緒變化———第一次單獨出門買東西的興奮、惶恐，跌倒時的挫敗委屈，要大聲說出買牛奶時的緊張感，完成任務時的解放與欣喜——才能如此精確地在情節安排與簡練的文字敘述與對話中呈現。並且讓每一位讀到故事的大人與小孩都心有戚戚焉：「嗯嗯，我懂，我也有過這樣的經驗和感受。」

同樣是 1945 年出生的林明子，擅長描繪孩童的各種身體姿態、表情變化，紅紅的蘋果臉，絲絲細柔的髮絲，每個在她筆下的孩子看起來都是好好抱的小天使。她為筒井賴子的寫實腳本，架構出細節豐富的寫實場景，也用她擅長的人物描繪，畫出了文字裡省略的出場人物的情緒與感受。譬如繪本翻開的第一個跨頁，映入眼簾的是哭泣的小寶寶、冒著蒸氣的水壺與鍋子、用了一半沒收的吸塵器、水槽裡沒洗的碗筷、畫畫中的小米散落的蠟筆和書本……，如實地呈現了照顧兩個幼兒的媽媽的日常處境。雖然文字裡，媽媽只說：「媽媽正在忙。」但圖像告訴小讀者，媽媽在忙什麼，而且有多忙。每一個跨頁都有滿滿的「戲」與「細節」。

林明子的功力還不僅於此，她讓整本繪本像一部微電影，每翻一頁就是一個鏡頭的切換或轉場。畫面構圖與視角的變化拿捏，簡直是繪本教科書等級，非常精采。譬如小米到達雜貨店門口，到買完牛奶跑出雜貨店，總共用了七個跨頁，幾乎是繪本的一半內容，但每一個跨頁的鏡頭都不同，而每一次鏡頭切換都帶領讀者從不同的角度感受小米的心境轉折。而這樣的電影畫面，可以根據讀者的喜好，決定「播放」的速度，也可以反反覆覆翻前翻後地觀看細節。

其實，在孩子成長的過程中，每一個第一次，都是挑戰未知的大冒險，即便像《第一次出門買東西》裡描寫的日常。現今的繪本風格故事多元、多樣，但像這樣寫實的畫風、孩子等身大的日常故事，反而不多見。因此，即使是繪本出版多年後的今天，第一次閱讀《第一次出門買東西》的孩子，仍能從中獲得深深的共感與鼓舞。

作者 筒井賴子

1945 年日本東京都出生。著有童話《久志的村子》與《郁子的小鎮》，繪本著作包括《第一次出門買東西》、《佳佳的妹妹不見了》、《佳佳的妹妹生病了》、《誰在敲門啊》、《去撿流星》、《出門之前》、《帶我去嘛》等。

繪者 林明子

1945 年日本東京都出生。橫濱國立大學教育學部美術系畢業。第一本創作的繪本為《紙飛機》。除了與筒井賴子合作的繪本之外，還有《今天是什麼日子？》、《最喜歡洗澡》、《葉子小屋》、《麵包遊戲》、《可以從 1 數到 10 的小羊》等作品。自寫自畫的繪本包括《神奇畫具箱》、《小根和小秋》、《鞋子去散步》幼幼套書四本、《聖誕節禮物書》套書三本與《出來了 出來了》，幼年童話作品有《第一次露營》，插畫作品包括《魔女宅急便》與《七色山的祕密》。

譯者 林真美

國立中央大中文系畢業。日本國立御茶之水女子大學兒童學碩士。在國內以「兒童」為關鍵字，除推廣繪本閱讀，組「小大讀書會」，也曾在清華大學及多所社區大學開設「兒童與兒童文學」、「兒童文化」、「繪本‧影像與兒童」等相關課程，並致力於「兒童權利」的推動。另外，也從事繪本的翻譯，譯介英、美、日……經典繪本無數。並譯有與繪本、兒童相關的重要書籍，如：《繪本之力》、《百年兒童敘事》等。個人著作有《繪本之眼》、《有年輪的繪本》、《我是小孩，我有話要說》。

國家圖書館出版品預行編目 (CIP) 資料

第一次出門買東西 / 筒井賴子作；林明子繪；林真美譯.
-- 第一版. -- 臺北市：親子天下股份有限公司, 2023.02
42面；26.3x18.8公分. --（繪本；317）
注音版
譯自：はじめてのおつかい
ISBN 978-626-305-403-5（精裝）
1.SHTB：心理成長--3-6歲幼兒讀物
861.599 111021512

繪本 0316

第一次出門買東西

文｜筒井賴子　圖｜林明子　翻譯｜林真美

責任編輯｜張佑旭　美術設計｜林子晴　行銷企劃｜張家綺、翁郁涵
天下雜誌群創辦人｜殷允芃　董事長兼執行長｜何琦瑜
媒體暨產品事業群
總經理｜游玉雪　副總經理｜林彥傑　總編輯｜林欣靜
行銷總監｜林育菁　副總監｜蔡忠琦　版權主任｜何晨瑋、黃微真

出版者｜親子天下股份有限公司　地址｜台北市 104 建國北路一段 96 號 4 樓
電話｜（02）2509-2800　傳真｜（02）2509-2462　網址｜www.parenting.com.tw
讀者服務專線｜（02）2662-0332　週一～週五：09:00~17:30
讀者服務傳真｜（02）2662-6048　客服信箱｜parenting@cw.com.tw
法律顧問｜台英國際商務法律事務所・羅明通律師
製版印刷｜中原造像股份有限公司
總經銷｜大和圖書有限公司　電話：（02）8990-2588

出版日期｜2023 年 6 月第一版第一次印行
2024 年 7 月第一版第六次印行
定價｜380 元　書號｜BKKP0316P　ISBN｜978-626-305-403-5（精裝）

訂購服務
親子天下 Shopping｜shopping.parenting.com.tw
海外・大量訂購｜parenting@cw.com.tw
書香花園｜台北市建國北路二段 6 巷 11 號　電話（02）2506-1635
劃撥帳號｜50331356　親子天下股份有限公司